Trois laisser-courre
pas comme les autres

Du même auteur

A travers plaines et ronciers, avec Pailcoq fils, Edilivre 2021

Pailcoq père

**Trois laisser-courre
pas comme les autres**

© 2023 Pailcoq père
Édition : BoD - Books on Demand, info@bod.fr
Impression: BoD - Books on Demand, In de Tarpen 42, Norderstedt (Allemagne)
Impression à la demande
ISBN: 978-2-3224-8170-5
Dépôt légal: Août 2023

A Pailcoq fils

La vénerie à pied est une lutte loyale entre un gibier sauvage et un ensemble de chiens, seuls véritables acteurs. Servie par une éthique rigoureuse, elle constitue véritablement une chasse écologique.

Patrick Verro dans *La vénerie à pied*

Guitoune

I

Pour moi, (je ne suis pas un chasseur invétéré qui ne se console pas d'avoir manqué une chasse, mais je suis un dilettante passionné. Je m'autorise l'association de ces deux termes. Ensemble ils définissent parfaitement mon statut) ce premier rendez-vous de chasse de la saison se tient comme à l'accoutumée à La Dargelière.

C'est un grand domaine qui présente la particularité d'être bordé à une extrémité de son territoire par un affluent de la Loire. Ses eaux glissent inlassablement, comme sur un toboggan une ribambelle d'enfants ayant oublié l'heure de rentrer et ne se souciant pas le moins du monde de l'inquiétude de leurs parents, sur une large pente relativement abrupte, à proximité de la maison qui est en fait un ancien moulin du XVe

siècle que les propriétaires ont remarquablement restauré, surtout son intérieur. Quand on y est, on a l'impression de déambuler dans des pièces conçues au XVIIIe siècle : cabochons au sol, boiseries grises, mobilier Louis XVI, portraits d'ancêtres dans des cadres ovales et dorés sur les murs. Quant à la façade, elle a gardé son aspect d'origine. Seules les pierres de roussard et d'ardoise ont été soigneusement rejointoyées pour les consolider entre elles par un mortier tirant sur l'orange. Il atténue ainsi quelque peu l'austérité du bâtiment. La chute d'eau apporte sa musique qu'apprécient ceux qui ont l'âme romantique mais qui peut aussi agacer celui qui recherche le silence.

Si la beauté naturelle de la rivière charme à coup sûr les promeneurs qui empruntent à pied ou à vélo le chemin de halage, le courant permanent, lui, ne manque pas de préoccuper les chasseurs à chiens courants lorsque le laisser-courre les amène sur ses berges. Leur crainte est de voir un chien tomber dans l'eau et être emporté par les flots. Il y a deux ans l'accident s'était produit. Il avait fallu le réflexe et l'intrépidité d'un jeune veneur, mon fils, qui s'était précipité dans l'eau pour éviter un sombre épisode. Cette opération lui valut le pied d'honneur de la journée. Ayant déjà oublié sa mésaventure, la chienne sauta des bras de son sauveur. Elle s'ébroua sur la terre ferme, à peine avait-on eu le temps de le dire, avant de reprendre sa course. L'instinct d'en découdre avait été le plus fort. Nous étions au tout début de la chasse.

II

Le maître d'équipage est un homme de taille moyenne tout mince, à la tignasse généreuse et bouclée par endroits, couleur poivre et sel, qui malgré ses soixante ans voire plus (cela fait déjà un petit moment qu'il est en retraite) a fière allure dans sa tenue de veneur : un gilet violet (cette couleur me fait toujours penser au maillot Mercier BP Hutchinson du Raymond Poulidor, le champion cycliste des années 1960. Moi, j'ose l'avouer, j'étais supporter de Jacques Anquetil, son adversaire à la popularité moins grande, qui, lui, a porté trois ou quatre maillots différents) orné d'un galon argenté, ajusté à sa poitrine et un pantalon en velours bleu à grosses côtes dit knickers et sa large cravate blanche nouée dans les règles de la vénerie (ce que je ne réussis jamais à faire) piquée d'une broche dorée : l'épingle de l'équipage figurant une tête de lapin. Sa prestance est encore plus belle quand il porte en bandoulière sa trompe de chasse dont le cuivre étincelle (contrairement à certains veneurs, il prend le temps de l'astiquer périodiquement). Il est heureux d'accueillir ses invités, en particulier ceux qu'il n'a pas vus depuis la fin de la précédente saison de chasse. Je fais partie du nombre. Notre poignée de mains est longue et chaleureuse. Il sourit et nous précise, non sans une certaine fierté, que chacune de ses sorties depuis l'ouverture de la chasse a été fructueuse. Nous comprenons que les chiens dont il a la responsabilité ont « pris » à chaque fois un lapin de garenne, le seul animal qu'ils sont autorisés à chasser. Dans le jargon de la chasse à courre ou dans le vocabulaire de vénerie, on dit que les chiens sont créancés dans la voie du lapin. Ici l'usage du fusil est interdit. Ce sont eux les véritables chasseurs, il n'est pas inutile de le répéter. Le maître d'équipage doit cette belle série à une petite chienne. Il l'a reçue en cadeau d'un jeune chasseur mettant brusquement un terme à son plaisir dominical pour des raisons de mutation professionnelle en région parisienne. Il savait sans aucun doute que sa chienne, futée et travailleuse, serait entre de bonnes mains avec notre maître d'équipage. Et il a eu raison. En effet, si je l'ai vu à plusieurs reprises se fâcher contre ses chiens, en élevant la voix ou en claquant son fouet avec énergie, jamais je ne l'ai vu corriger l'un d'entre eux.

Cette chienne dont il nous dit tant de bien, il tient à nous la présenter. Nous lui emboîtons le pas sans nous faire prier tant il a su aiguiser notre curiosité. Alors que nous nous tordons les pieds sur les pavés grossiers de la cour, il nous donne enfin le nom de sa précieuse acquisition – les présentations sont imminentes. Elle s'appelle Guitoune. J'ai alors la certitude que son ancien propriétaire est d'origine pied-noir. On affublait de ce nom les Européens qui habitaient l'Algérie du temps où elle était française, paraît-il parce que les premiers colons étaient chaussés de bottes noires ou parce que leurs pieds nus offraient cette couleur après avoir foulé le raisin pour en faire du vin. Etant donné son âge (j'ai compris qu'il a la trentaine, c'est aussi l'âge de mon fils, et que nous sommes dans les années 2010), il n'a pas pu quitter l'Algérie en 1962 lors de son indépendance, mais son père tout comme moi a dû vivre ce départ vers l'exil. Au moment de cet événement dramatique je venais d'avoir 9 ans. J'accompagnais mes parents qui portaient chacun deux valises. Ces bagages, ils ne le savaient pas alors, étaient les seuls biens qui leur restaient de leur vie passée dans la jolie ville d'Oran. Notre cadre de déménagement expédié pour la France ne nous est jamais parvenu. Il contenait tous mes jouets. Observant la consigne de ma mère, pour ne pas me perdre dans la foule de ceux que les autorités n'allaient pas tarder à appeler « les rapatriés », j'avançais sur le quai du port en me tenant à la manche droite de la veste de mon père. Ma main gauche la serrait très fort. La raison qui m'amène à cette réflexion est que, dans le vocabulaire propre à ces gens – certains mots sont d'ailleurs passés dans le langage courant comme baraka, kif-kif, maboul ou tchatche - on trouve le mot guitoune qui veut dire tente. L'ancien propriétaire était peut-être un militaire. Les soldats utilisent aussi ce terme. Pendant que je me perds dans ma conjecture, nous parvenons devant la remorque grise à la porte grillagée. Elle n'abrite pas moins d'une quinzaine de chiens de la race des beagles. Leur fourrure est teintée de marron, de noir et de blanc. Ils ne sont pas plus hauts que trois pommes mais remarquablement bâtis. Ils donnent une impression de puissance qui fait qu'on ne se lasse pas de les contempler. Et par-dessus tout, ils sont d'une extrême gentillesse. On regrette de ne pas pouvoir les caresser à sa guise. Mais les consignes sont claires : les chiens sont là pour chasser et non pas pour convoiter des câlins. Le maître d'équipage tolère cependant quelques manquements à la règle.

Comme d'habitude le maître d'équipage nous étonne agréablement. Il reconnaît chacun de ses chiens, les désignant par leur nom. Nous qui sommes des veneurs occasionnels, nous ne voyons que des chiens qui se ressemblent comme deux gouttes d'eau. Et quand nous louons sa faculté de repérer les signes distinctifs de ses chiens, il nous répond humblement : « Vous savez, je suis comme une mère qui reconnaît ses jumeaux parce qu'elle les a vus naître et qu'elle les a nourris quotidiennement. De plus c'est moi qui leur ai donné leur nom. » Et il continue sa phrase comme si nous n'étions pas là : « N'est-ce pas mon brave Héros, mon bon Gascon, ma jolie Farandole, mon généreux Fanfaron, et toi ma belle et courageuse Guitoune ? ». Et, comme se souvenant soudain qu'il nous a fait venir pour nous la présenter, il ajoute : « Vous voyez, elle est là, entre Guitare et Hermine ! » J'ai appris de lui que chaque année civile, respectant l'ordre alphabétique, impose la première lettre du nom qu'on va donner à un chien de race nouveau-né, d'où cette succession de noms commençant par F, G, H. A vrai dire si je puis admirer la belle et courageuse Guitoune, c'est que notre homme a eu la bonté de nous l'indiquer du doigt. Se retournant vers nous, il nous lance, les yeux pétillant de bonheur: « C'est un superbe sujet, n'est-ce pas ? » Nous en convenons spontanément, partant du principe que s'il le dit le doute n'est pas permis. Guitoune possède certainement une qualité qui échappe hélas au commun des mortels.

III

Le temps clément aujourd'hui nous laisse présager un beau laisser-courre. Il y a bien quelques nuages, mais ils ne se veulent pas menaçants. Contrairement aux années précédentes, il ne pleuvra pas. Le territoire sur lequel nous allons évoluer est la place de la région qu'affectionne tout particulièrement le garenne. Nous ne ferons pas buisson creux, autrement dit nous ne manquerons pas d'apercevoir cet animal levé par nos chiens. Ces constatations réjouissent tous les veneurs. Aussi savent-ils, en attendant d'assister aux exploits de Guitoune, apprécier le repas du midi. Notre hôte a installé de longues planches sur des tréteaux et des bancs des plus rustiques dans un commun. Pour que nous puissions bénéficier d'une ambiance chaleureuse il a allumé un feu dans la cheminée. Et quand on s'exclame devant lui : « Elle tire bien cette cheminée ! », on perçoit un sourire qui lui monte jusqu'aux oreilles avant de l'entendre nous confier : « Vous savez, c'est moi qui l'ai construite tout seul et qu'avec des produits de récupération ! Par exemple... » Et le voilà lancé dans l'énumération des différentes composantes de sa réalisation. Pour montrer qu'on est admiratif de sa réussite, on conclut ses propos par : « Elle tire vraiment bien. Bravo ! » Nous nous installons à table, gardant avec nous notre verre qui a servi à boire l'apéritif. En effet nous savons grâce au sifflement strident de la cocotte-minute que la maîtresse d'équipage a posée, il y a quelque temps déjà, sur le réchaud qu'elle transporte avec elle à chacune des chasses, qu'on ne va pas tarder à nous servir la traditionnelle soupe à l'oignon garnie de croûtons et de gruyère râpé. Il n'y a rien de mieux pour aiguiser davantage notre appétit. Les morceaux du porc, qui vivait encore avant-hier, accompagnés de mogettes, ces petits haricots blancs cuisinés à la mode vendéenne, sont ensuite avalés avec entrain. Le beaujolais a un avant-goût de celui qu'on appelle nouveau et dont la sortie est prévue pour jeudi. Je n'évoque pas, pour faire court, le fromage et le dessert, généralement une tarte aux pommes spécialité d'un veneur. Le maître d'équipage vient de se lever de table. Il a bu son café d'une traite comme d'habitude – issu d'un thermos, il n'est pas très chaud. On ne risque pas de se brûler le gosier. Il a des fourmis dans les jambes et bizarrement nous aussi. Il est temps de passer aux choses sérieuses, tous les veneurs en sont persuadés. Les voilà disposés à débarrasser rapidement la table. Ils ont encore à récupérer, dans le coffre de leur voiture, leurs bottes qu'ils vont enfiler après avoir ôté leurs chaussures, leur grande veste huilée, leur pibole et aussi, pour ceux qui sont titulaires du permis de chasser, leur fouet. Contrairement au dicton bien connu, pour les veneurs l'effort se place après le réconfort.

IV

Direction la remorque à chiens où se tient comme il se doit le rapport avant le départ sur le terrain de chasse. La fanfare *La sortie du chenil* est sonnée, signal attendu par la maîtresse d'équipage pour libérer les chiens. Elle ouvre la porte grillagée. Les beagles, les uns après les autres, se bousculant parfois tant ils sont hâte de se dégourdir les pattes et de passer à l'action, sautent à terre. Certains d'entre eux en profitent pour se soulager tandis que leurs congénères qu'ils vont rejoindre dans un court instant sont déjà en mouvement : le fouet (la queue) va et vient en un balancement continu et la truffe est collée au sol. Ils ne cessent de zigzaguer. Ils sont en quête de l'animal de chasse. Ils recherchent son sentiment, l'odeur laissée derrière lui sur l'herbe qu'il a foulée. Ce n'est qu'une fois qu'ils l'auront trouvé qu'ils se dirigeront vers la remise du jeannot. On dira alors que les chiens empaument la voie. Moment que tous, chiens et veneurs, attendent ardemment mais patiemment. Les petits tricolores maintenant vont et viennent le long du talus qui borde une vaste étendue de bouleaux. C'est notre hôte qui, à ma demande, m'a révélé le nom de ces arbres, la première fois que je suis venu ici. Elancés, d'une hauteur étonnante, ils sont remarquablement alignés sur plusieurs rangs. Ils font penser à ces superbes paysages russes qu'affectionnait à coup sûr l'écrivain Léon Tolstoï, lors de ses régulières promenades à pied dans son domaine de Iasnaïa Poliana. Les chiens n'ont que faire de ce beau travail des hommes. Les voilà qui pénètrent courageusement, le ventre à terre, dans la masse épineuse qui s'est appropriée le talus. On entend un cri. Un conil a été pincé mais il n'est pas pris, aux dires du maître d'équipage qui est manifestement ravi. Le laisser-courre débute fort bien. « Taïaut ! » vient de s'exclamer, de sa voix aigüe, notre hôte, bricoleur reconnu, chasseur à tir émérite et infatigable conteur. Cette vue est aussitôt suivie d'une seconde. Elle est, cclle-là, annoncée par deux coups de pibole comme le veut la règle de l'équipage – trois coups dans d'autres équipages. Le garenne a débuché et part bon train. Un des beagles, le plus vif, s'élance à sa poursuite, dans de joyeux récris. J'apprendrai dans quelques instants, en entendant commenter cette action, qu'il s'agit de « notre Guitoune ». Un de ses congénères se joint à lui bientôt imité par l'ensemble de la meute. Eclate alors un harmonieux et sauvage concert de gorges chantantes qui ne nécessite pas la direction d'un chef de chœur. Indiscutablement il comble de bonheur, à chaque fois qu'on l'entend, veneurs et suiveurs sans exception. Je n'exagère pas en affirmant cela. Comparée à d'autres événements comme le mariage, la naissance d'un enfant, l'obtention d'un diplôme pour lequel on a beaucoup travaillé, la victoire de l'équipe de France en finale de la Coupe du monde de football en 1998, cette course-poursuite peut paraître bien futile. Pourtant, pour ceux qui la vivent, elle est incontestablement à la source d'un total ravissement. Comme on le dit vulgairement ils en prennent plein les yeux et les oreilles. Sans doute doit-on l'intensité de cette émotion au fait que le spectacle soit de courte durée et qu'on ne soit pas certain, même si on l'espère fortement, qu'il se reproduira dans le courant de l'après-midi. Les chiens ont une folle envie de souffler dans le poil du garenne. Mais celui-ci n'entend pas se laisser faire. Il redouble d'énergie pour maintenir la distance qui le sépare de ses poursuivants. Il se forlonge bel et bien. Il ne lui reste plus qu'à trouver le meilleur endroit pour se rembucher. C'est ce qu'il fait en plongeant, comme une flèche s'enfonce dans le cœur de la cible, dans un amas d'orties encombré de ronces. Notre gratte-mousse a bien manœuvré. Malgré leur détermination à avoir le dernier mot, les courants n'ont pas pu empêcher le fuyard de les berner. Ils ont cessé de chanter. Ils piétinent maintenant à l'endroit où le jeannot a disparu.

V

On déplace la chasse à une centaine de mètres plus loin, du côté du talus où, par expérience, on sait qu'il est le lieu de prédilection des garennes ; un choix qui s'avère judicieux. Une gorge criante ne tarde pas à indiquer une voie. Immédiatement d'autres récris éclatent comme le bouquet final d'un feu d'artifice. Ils signalent que nos chiens sont survoltés par cette découverte. Le maître d'équipage, de sa main gauche, ajuste le gant de sa main droite, celle qui tient le manche du fouet et sa lanière enroulée autour d'elle. C'est le signe que pour lui les affaires s'annoncent fort intéressantes. Il ne manque pas d'appuyer sa meute de la voix : « Là ! Là ! Là ! Ecoute à Guitoune ! Ecoute à Guitoune !» C'est encore elle qui crânement est aux avant-postes. Ses compagnes sont invitées à la suivre. Ce qu'elles ne tardent pas à faire. Les ronces s'agitent. On espère entendre le lapin couiner. On tend l'oreille dans ce joyeux tintamarre. Brusquement la chorale cesse ses vocalises. Il s'agit sans doute d'un *balancé*. Les chiens se sont arrêtés dans leur élan. Ils ne savent pas quelle direction prendre. Tous les veneurs et l'unique suiveur qui les accompagne aujourd'hui - un étudiant en architecture, voisin de notre hôte, photographe de nature à ses heures perdues, (il arbore sur sa poitrine un magnifique appareil photo qu'il tient des deux mains quand il court) - souhaitent que ce temps d'hésitation bien excusable en cet endroit soit de courte durée. Pas de chance, on se rend à présent à l'évidence : le gratte-mousse a eu raison de la finesse de nez des beagles. Les regrets ne sont pas de mise cependant. Si l'on n'a rien vu du travail des chiens à cause de la densité des ronces ceux-ci nous ont généreusement gratifiés d'un magnifique concert de récris. Si la vue n'a pas été sollicitée, par contre l'ouïe a eu une belle part d'extase. L'ardeur des courants nous conforte dans l'idée qu'ils ne sont pas prêts d'en rester là. Et nous nous réjouissons de cette conviction.

La quête à peine reprise sur le haut du talus, quatre chiens, faisant bande à part mais sous la surveillance de la maîtresse d'équipage, entonnent une chanson qui ne trompe pas. Le jeannot finit par gicler. Il enfile à vive allure, tel un galet qui ricoche sur la surface de l'eau, ce qui peut être considéré comme une allée. Le carillon retendit. Les veneurs se précipitent. Ils sont malencontreusement vite freinés dans leur élan par une muraille de hautes orties mêlées par endroits à des ronces qui griffent et déchirent comme des barbelés. Ils sont surpris par ce biotope qui n'existait pas l'an dernier. Notre hôte, âgé, n'a pas jugé utile d'entretenir cette partie de sa propriété. Sa préoccupation essentielle désormais est de sculpter des chevreuils et des sangliers dans des morceaux de bois. Il n'est pas seulement bricoleur, c'est aussi un artiste. Heureux le veneur qui s'aide de la canne métallique de son siège de chasseur pour se frayer un chemin. Tous lui emboîtent le pas comme le font les skieurs qui empruntent la trace laissée par le premier de la file. Les chiens qui ont dans le nez l'odeur du poil fumant ont disparu sous les hautes herbes. On entend l'action s'éloigner. Le maître d'équipage poursuit sa tentative de rameuter ses courants. Voilà un moment déjà qu'il répète à perdre souffle une série de longs et vigoureux coups de pibole. Il ordonne ainsi à ses chiens de rallier la chasse, celle que ceux qu'on croyait être des bricoleurs ont lancée. La partie n'est pas gagnée pour lui. Les voies sont multiples et tentantes. Notre homme redouble d'énergie pour avoir le dernier mot. Il donne de la voix : « Venez ! Venez ! Venez ! Hop ! Hop !

Hop ! » Son visage s'empourpre. Les courants acceptent enfin d'empaumer dans une clameur d'enfer le sentiment qu'on leur indique. Le maître d'équipage pénètre dans la forêt d'orties. Son pantalon en toile imperméable qui en a vu de toutes les couleurs – il est copieusement déchiré par endroits – lui permet d'avancer sans difficulté apparente et d'être au contact de sa meute. Il court maintenant. On n'aperçoit que son buste légèrement penché en avant et son bras droit qui se lève et s'abaisse laissant deviner le manche de son fouet. On imagine les chiens assurant une belle menée puisqu'ils chantent à pleine gorge. Le reste des veneurs et notre photographe sont désormais distancés. Ils sont comme des spectateurs mal placés dans un théâtre qui entendent sans les voir les acteurs qui évoluent sur la scène. Pour revenir au plus près de l'action de chasse, ils s'imposent alors un long détour sur une aire plus propice à la marche. Ils doivent en outre enjamber un cours d'eau en empruntant un étroit pont de bois. Les planches qui le composent sont glissantes, car recouvertes de mousse humide. Quelques-unes sont vermoulues. La prudence est de mise. Enfin ils recollent à la chasse. Le maître d'équipage les informe fièrement avec un sourire que les chiens, sous l'impulsion de Guitoune, n'ont pas relâché leur effort dans la menée et qu'ils ont eu raison des ruses du garenne. Cette nouvelle réjouit son monde.

VI

Grâce au mérite de « notre Guitoune » (je me promets de la féliciter avec quelques mots gentils et deux ou trois caresses sur le sommet de son crâne, à la fin du laisser-courre. Il faudra pour cela qu'on ait la gentillesse de me la désigner parmi ses congénères), nous sommes assurés d'une curée. Ce moment très fort d'un laisser-courre, véritable cérémonie, situé après les actions de chasse peut être comparé à un délicieux dessert qui suit un excellent repas – on me gronde parfois pour ma gourmandise. On le savoure entre amis, sans en perdre une miette, car on sait avec regret que l'instant du départ approche. Chacun s'en retournera chez lui. La chasse touche déjà à sa fin. Veneurs et suiveurs se retrouvent donc en demi-cercle devant l'animal chassé qui repose sur l'herbe. Le maître d'équipage l'a préparé dans les règles de l'art. Il lui a retiré d'abord sa peau puis il l'a tranché pour en faire des morceaux de viande qu'il a accompagnés de croquettes pour rendre plus consistant le repas – imaginez un lapin pour une douzaine de chiens dont les courses folles ont ouvert l'appétit. C'est la récompense bien méritée de la meute qui s'est dépensée sans compter pendant trois, quatre voire cinq heures. Il a placé le tout sous la nappe (la peau) du lapin comme s'il voulait lui redonner vie ou du moins la physionomie qu'il avait de son vivant. Généralement le soir s'est installé apportant avec lui une humidité qui pousse les chasseurs à relever le col de leur veste huilée. Avant de libérer les chiens que la maîtresse d'équipage tient à l'écart grâce à un incessant va-et-vient de la lanière du fouet, les sonneurs retracent les différentes phases de la chasse en interprétant les fanfares de circonstances : *Le débuché, Le bat-l'eau, L'hallali...* Les courants se rassasient en deux temps trois mouvements. Suit un touchant cérémonial. Le maître d'équipage rend les honneurs du pied au veneur méritant qui a contribué à la prise. Lequel retiendra-t-il aujourd'hui ? Peut-être notre hôte toujours bien placé ? Au préalable il a pris soin de lever (couper) l'antérieur droit du garenne qu'il présente, posé sur sa casquette de laine écossaise, à l'heureux élu. Apposé sur un écusson de bois à l'aide d'un clou carré, il deviendra un joli trophée qui trônera sur un mur de sa maison. Emotion assurée pour le récipiendaire. On joue à son intention la fanfare qui convient : *Les honneurs*. Ce bonheur imprévisible ne va pas sans une obligation pour lui : celle d'offrir, lors du prochain laisser-courre, une bonne bouteille avec des bulles si possible. Ce que confirment les paroles de la fanfare quand on a le loisir de les lire dans un recueil reprenant l'ensemble des fanfares de vénerie :

> Que le pied soit offert au vainqueur
> Sonnez, veneurs,
> Sonnez les honneurs !
> Du triomphe goûtons les douceurs !
> Vaillants chasseurs,
> Joyeux buveurs,
> De la cantine
> La plus voisine
> Tirez le vin,
> Versez tout plein !
> Bordeaux, Champagne,
> Bourgogne, Espagne
> Au son du cor,
> Coulez à plein bord.

(boissons à consommer avec modération, il va de soi).

Le maître d'équipage rejoint les sonneurs pour ne plus les quitter désormais, en ajustant sa casquette sur sa tête. Le concert de trompes reprend de plus belle. Les fanfares se succèdent : celles des équipages des membres présents (quelques veneurs chassent aussi en semaine un autre animal que le lapin, dans un vautrait ou un rallye), *Les adieux aux maîtres, Le bonsoir breton*. Dans le silence d'une journée qui s'achève, loin des vrombissements des voitures, il n'y a rien de plus touchant que cette musique éclatante et généreuse si ce n'est le carillon joyeux de la cloche de l'église du village qui appelle les fidèles à la « messe anticipée » du samedi.

VII

Il n'est pas 16 heures. La voiture du maître d'équipage s'éloigne dans l'allée de la propriété, traînant derrière elle, cahotant par moments, la remorque dans laquelle manquent deux chiennes. Celles-ci dont « notre Guitoune » sont couchées sur les sièges arrière du véhicule. Elles tenaient à peine sur leurs pattes, avaient un comportement anormal. On a dû interrompre le laisser-courre. Guitoune dans les bras, en quittant l'enceinte de chasse, le maître d'équipage a déclaré : « Elles ne sont pas épuisées, ça j'en suis sûr ! Je crois que c'est une sorte d'allergie. (Moi, j'ai pensé aux orties, mais je n'ai rien dit.) Je préfère consulter le plus tôt possible. Je ne veux pas perdre mes chères petites, hein Guitoune ? Et s'adressant à sa femme : Regarde sur internet s'il n'y a pas, dans le coin, un vétérinaire, s'il te plaît. »

Les veneurs et le photographe amateur désœuvrés échangent des regards. Sans mot dire, ils partagent la déception qu'ils éprouvent d'être privés de curée. Pourtant un garenne a bel et bien été pris ! Au fait où est-il passé dans tout ça ?

Feuillantine

I

Depuis longtemps j'ai fait mienne cette réponse que Jésus fit aux pharisiens qui lui avait demandé s'il fallait payer l'impôt à l'occupant romain. : « Rendez à César ce qui appartient à César. » Il n'était pas tombé dans le piège qu'on lui avait tendu, car, inspiré comme à l'accoutumée, il leur avait rappelé que la monnaie en circulation était frappée à l'effigie de l'empereur. Moi, je l'utilise non pas pour me tirer d'une situation embarrassante mais pour mettre à l'honneur une personne modeste à l'origine d'un beau geste que certains pourraient s'approprier en ne mentionnant pas, volontairement ou non, son auteur. Je rends donc à ma femme ce que je lui dois : ce laisser-courre dans ce nouveau territoire. Elle avait été invitée, par une amie en charge du catéchisme dans la paroisse, à un rapide déjeuner qui devait précéder une réunion de travail dont l'objectif était de concevoir des activités pour les enfants, en vue de fêter Noël. Charmante, son amie ne m'avait pas exclu de ce repas. « Nos hommes pourront ainsi faire plus ample connaissance », avait-elle dit. A peine le café avalé, nous voici, son mari et moi, partis pour faire une promenade. Gosse nous accompagnait, le chien de la maison - un labrador noir, qui excité par l'inconnu que j'étais mais dont la présence était tolérée par son maître, n'avait de cesse que de poser ses pattes de devant sur mes cuisses. Heureusement son maître me libérait de temps en temps de cette emprise, en demandant à son chien de lui ramener la vieille balle de tennis qu'il lançait loin devant lui. Nous parcourions l'immense domaine qui entoure son joli château du XIXe. Nous passâmes de champs cultivés à un plan d'eau où se prélassaient des canards et traversâmes une forêt, avec de belles allées bien entretenues. L'occasion fut trop belle pour moi de lancer à son propriétaire :

--- Vous chassez, peut-être ?

--- Non, pas du tout. Mais quand il y a des chasses chez nous, j'accompagne mes amis chasseurs.

--- C'est de la chasse à tir, je suppose ?

--- Comment ça, à tir ?

--- Je veux dire que les chasseurs ont des fusils.

--- Oui, je ne vois pas comment on peut chasser sans armes !

Quelle belle ouverture pour évoquer la vénerie !

--- Je ne connais pas cette pratique. Vous êtes vous-même veneur ?

Lassé d'aller chercher sa balle, Gosse avait fini par m'oublier. Il préférait maintenant s'ébattre à sa guise. Son maître le rappelait à l'ordre parfois. Moi, j'étais à mon affaire.

--- Je suis un veneur occasionnel, dis-je, dans un équipage qui chasse le lapin. D'ailleurs, en parlant de lapin, y en a-t-il chez vous ? Si je pose cette question, c'est que je chasse cette année avec un sympathique équipage qui vient de se monter. Son maître d'équipage est à la recherche de territoires qui en possèdent. Et ceux-ci se font de plus en plus rares.

--- D'animaux à quatre pattes, je vois des chevreuils fréquemment, des sangliers un peu trop souvent à mon goût, car ils ne se gênent pas pour s'saccager mes plantations, des lièvres quelquefois, des lapins presque jamais. Je ne sais plus quand j'en ai vu un, pour la dernière fois. Par contre je sais où il y en a. Vous connaissez les Thibault ?

--- Je les croise de temps en temps, à la messe.

J'avais répondu en tendant bien l'oreille. Je réalisai qu'on mordait à l'hameçon que j'avais lancé.

--- Chez eux, on en voit pas mal, surtout la nuit quand, après le dîner, on rentre chez soi. On les voit bien dans les lumières des phares. Je dirais que sur l'allée qui mène au portail, il y a toute une famille qui déguerpit en nous voyant arriver.

Cette information me ramena à mes années d'école, au livre de Daudet *Les lettres de mon moulin*, plus précisément à la nouvelle *L'installation*. Dans celle-ci l'écrivain évoque l'existence d'une vingtaine de lapins se chauffant « les pattes à un rayon de lune » et lorsqu'ils détalent, parce qu'ils ont entendu une lucarne s'entrouvrir, le nouveau propriétaire du moulin aperçoit leurs «petits derrières blancs…, la queue en l'air ».

Roger Thibault est un accro (c'est son mot) de la chasse à tir. Avec cette révélation, j'ai alors compris pourquoi cet homme affable, au teint terni par le tabac, à la généreuse chevelure blanche bouclée et à la moustache poivre et sel, dont les extrémités retombent bien en-dessous des commissures de ses lèvres, présente la particularité, quelles que soient les circonstances : dans la nef d'une église, sur le parking d'un supermarché, de marcher d'un pas lent. Il a adopté tout naturellement, dans son quotidien, celui du chasseur à tir qui avance vers son gibier, en prenant soin de ne faire aucun bruit. Il n'ignorait pas l'existence de la vénerie, la grande, celle où les veneurs sont à cheval, et l'animal chassé un gros gibier. Il ne savait rien de la vénerie à pied, la petite. Il découvrait le mot laisser-courre. C'est avec plaisir qu'il nous recevrait chez lui. Il suffisait de trouver une date. Et quant à trouver sa maison, quand on n'a pas de GPS : « rien de plus facile. En arrivant à Châteauneuf, il faut prendre la direction de Chéméroi, parcourir six kilomètres, repérer à gauche une maison isolée aux volets rouges et prendre à droite, en face d'elle, l'allée. A l'entrée, un panneau indique le nom du lieu-dit Foltechasse. » Il ajouta (je l'entendais sourire au téléphone): «Un nom qui convient à un territoire de chasse, n'est-ce pas ? »

II

Roger Thibault n'a pas pu s'empêcher de m'appeler très tôt, ce matin, pour me rassurer et en même temps pour me faire part de son soulagement. Il a vu, en ouvrant les volets de sa chambre, deux lapins qui folâtraient devant le commun qui lui sert de bûcher. Il est vrai que l'un et l'autre, nous avons été soucieux toute cette semaine. Lors de l'ultime point avant la venue de l'équipage que nous avons fait le week-end dernier, notre hôte s'était désolé de constater que depuis plusieurs jours, aucun gratte-mousse ne montrait le bout de son nez.

La chasse s'annonce donc sous de beaux auspices. Si le ciel est gris et la température peu clémente, on se réjouit de ne pas avoir de pluie. Le brouillard, qui hier ne s'est dissipé que dans l'après-midi, a décidé d'aller voir ailleurs. Tant mieux qu'il n'y en ait pas, car j'aurais probablement manqué la maison aux volets rouges. Les Thibault ont de bonnes raisons d'être heureux. C'est pour eux jour de fête, non seulement parce que leur propriété va faire pour la première fois l'objet d'un laisser-courre (ils savent maintenant ce que cela veut dire : des hommes et des femmes élégamment vêtus, de la musique avec des trompes de chasse, une douzaine de petits chiens qui courent pendant des heures) mais aussi parce que chez eux loge une bonne dizaine d'amis de leur fille aînée qui sont venus fêter son anniversaire. Les Thibault n'aiment pas la routine. Plus il y a du monde chez eux, plus ils sont contents : « C'est que nous sommes habitués à être bien entourés. Nous avons six enfants, quatre filles et deux garçons et jusqu'ici neuf petits-enfants ; un dixième est en route ! » Un ami de la famille me dira plus tard : « Ici, c'est un peu comme la maison du bon Dieu. »

Le pique-nique se tient dans une cour entourée d'un mur en pierre d'une maison à large fronton. J'apprends qu'elle est celle de la mère de notre hôte. Son âge avancé et sa corpulence ralentissent fortement sa marche. Elle traîne des pieds chaussés d'épaisses pantoufles sur le sol couvert de carreaux de terre cuite. Elle est la seule à être assise au bout de la longue table constituée de planches posées sur des tréteaux. Nous nous apprêtons à passer au dessert quand une marée de jeunes gens au verbe haut qu'accompagnent des éclats de rire débouche de l'allée. Tout ce beau monde, menant grand bruit, revient de la messe qui s'est tenue à huit kilomètres d'ici. Les villages depuis bien longtemps, du fait de la pénurie de prêtres, n'ont plus de messes, sauf pour un mariage ou une sépulture (seulement quand les parents du défunt demandent qu'il y en ait une. La plupart du temps ce sont des guides de sépulture qui assurent le service religieux des funérailles. Laïcs, ils ne peuvent célébrer une messe). Désormais les fidèles sont contraints le dimanche de se rendre à l'église principale de leurs paroisses, celles-ci sont constituées aujourd'hui de nombreux clochers. La nôtre en compte seize. Notre curé, lui, en période estivale, parce que ne se pose pas le problème du chauffage – bon nombre de ses églises sont dotées de chaudières défaillantes – s'efforce de décentraliser la messe dominicale. Le maître d'équipage jette un œil à sa montre. Les présentations vont bon train : « je suis la seconde fille... je suis le fils... je suis le gendre... je suis la belle-fille... voici mon aînée, ma petite... je suis la marraine... je suis une amie... je suis... » On se serre la main. On se fait la bise.

De nouveau le maître d'équipage jette un œil à sa montre.

III

Le maître d'équipage, désireux de ne pas commencer la chasse trop tard, sonne *La marche de vénerie*. Il débute le laisser-courre avec les membres de son équipage et les jeunes gens ayant expédié leur repas. Les autres sont encore au café, une part de tarte aux pommes à la main.

Les opérations sont menées dans le bois garni d'épines noires et de ronces, à droite de la maison. Un courant crie après un temps de quête très court. La patte droite avant en l'air et pliée, posture qui caractérise, je crois, un chien d'arrêt, les deux petits tricolores qui sont devant moi prêtent une oreille attentive à ce cri. Est-ce celui qui annonce que leur congénère a bel et bien empaumé une voie ? Assurément c'est le cas puisqu'ils se décident à le rejoindre. La meute se regroupe. « Taïaut ! » Un conil débuche de sa remise. Il était tapé dans le massif formant bordure. Les courants veulent en découdre avec ce beau lagomorphe Dans un gai carillon, ils lui soufflent dans le poil. Mais le chassé ne se laisse pas conter. Malin, il file bon train dans la propriété voisine. Le cheval qui le voit venir sur son territoire se met au trot et lui fait un brin de conduite. « Arrêtez ! Arrêtez ! » L'ordre du maître d'équipage freine l'énergie de la meute. La course ralentit avant de s'achever. On revient sur ses pas. Un bien-aller est sonné (dans les veneurs, on compte aujourd'hui un piqueur d'un rallye au chevreuil. Il a sur lui sa trompe.) pour revigorer tout ce petit monde. La quête reprend le long de la bordure. Les truffes inspectent chaque coin et recoin. Les fouets s'agitent. Les beagles veulent mener à bien leurs investigations. Leur persévérance et leur application sont couronnées de succès. Sous leur pression, un jeannot gicle au ras de leurs nez. La chorale est déclenchée, la course-poursuite lancée. Les courants sont prompts sur cette action. Ils ont retenu la leçon de tout à l'heure : empêcher à tout prix le chassé de passer dans la propriété voisine. Le jeannot ne parvient pas à se forlonger. Hallali ! Il est pris. Cette prise comble notre hôte. Il dresse son avant-bras droit, le poing fermé, comme le fait un tennisman, à Roland Garros, qui vient de réussir un superbe passing-shot. Nous sommes dans la première heure de chasse. Il ne reste plus qu'à lancer un troisième garenne. Les beagles s'adonnent à une nouvelle quête avec une belle énergie afin de répondre à cette attente. Le maître d'équipage les a menés dans une enceinte épineuse entourée d'une allée. Il sifflote un extrait d'une fanfare. Je n'ose pas lui demander quel est son titre. Après un long silence, un chien donne enfin de la voix. La teneur de celle-ci ne laisse aucun doute : il a l'odeur du poil chaud d'un conil dans le nez. « Taïaut! » Voilà l'embusqué qui gicle. Une fille de la maison s'exclame : « Je comprends ce que veut dire détaler comme un lapin ! » Les courants bien groupés veulent avoir gain de cause. La chorale est superbe mais pas au goût du conil dont la seule envie est de ne plus l'entendre. Il a son idée pour cela : filer dans l'allée en longeant la pièce d'eau, dans le but de passer, dès qu'il le pourra dans le champ de la propriété voisine. Les chiens lui soufflant dans le poil, il veut prendre un raccourci. Il oblique à droite pour sauter sur un petit îlot de terre. Il ne réussit pas dans son entreprise. Il tombe à l'eau. Cette erreur lui est fatale. Les chiens, encouragés par un joyeux bien-aller, ont comblé leur retard. Ils sont sur lui, comme ces coureurs cyclistes qui franchissent en paquet la ligne d'arrivée après un superbe et tumultueux sprint. L'hallali est sonné, interrompu par les récris de la meute. Elle vient d'empaumer une voie. Le jeannot débuche. Le mari de l'amie de ma femme ne m'a pas menti : du lapin, il y en a ici ! Le chassé a de l'avance. Il se rembuche, plus loin, après une longue course pendant laquelle il a tenu à distance ses poursuivants. Si on ne chassait pas pour la première fois sur ce territoire, on pourrait penser que le bougre a du métier. Il est bien tapé dans le fossé, en contrebas du talus. Les beagles sont en défaut. Ils n'abandonnent pas pour autant leurs investigations. Ils forcent les ronciers, têtes baissées. Le talus est parcouru sur toute sa longueur. Les allées et venues sont nombreuses mais infructueuses.

    La décision est prise de quitter cette enceinte de chasse. Les opérations reprennent dans la grande partie boisée. Le travail des chiens à la recherche d'une voie fait frissonner les feuilles mortes qui tapissent le sol. Cette musique est rythmée par le va-et-vient des fouets des chiens. Une gorge criante se fait entendre. Les chiens accourent vers leur congénère déclenchant un concert bien appuyé, qui révèle leur grand enthousiasme. Mais très vite les coups de fouet violents du maître d'équipage et de quelques-uns des veneurs qui claquent dans les airs et sur le sol perturbent leur ardeur. Il faut les rompre, car l'animal vu est un lièvre. De la pibole du maître d'équipage sortent de longs coups répétés qui font comprendre aux courants qu'ils doivent mettre un terme à leur chasse. Obéissants, les voilà qui rejoignent, les uns après les autres, celui qui les appelle aussi de la voix : « Venez ! Venez ! » Ils s'agitent à ses pieds, bien ameutés. La maîtresse d'équipage les compte à haute voix: « neuf, dix, onze ». Elle s'exclame : « Il nous en manque un ! » Son compagnon compte à son tour. Il confirme : « Oui, il nous manque Feuillantine. » Il reprend son appel. Feuillantine n'apparaît pas. Après le troisième appel infructueux, il décide de reprendre le laisser-courre. Il entraîne ses courants vers une haie qu'on ne tarde pas à inspecter. Le maître d'équipage appuie ses chiens : « Il est là ! Il est là ! » Les beagles s'appliquent, peut-être pour faire oublier leur bévue de tout à l'heure. Les épines ne leur posent pas de problème. Leur détermination est récompensée. « Taïaut ! » Trois sonneries jaillissant d'une pibole, accompagnent ce cri. Le jeannot a bondi. Il file à découvert. La course-poursuite s'engage dans un concert de récris. Les chiens allongent leurs foulées. Ils veulent souffler dans le poil de l'animal. Celui-ci pivote à gauche pour se rembucher dans un fouillis de broussailles et de ronces formé autour d'un arbre renversé par une bourrasque. La pression de la meute l'oblige à débucher. Notre conil prend son contre entre les jambes d'un suiveur qui, surpris, s'écrie : « Oh, là, là ! » Il contourne maintenant un abri de jardin. Il ressort un peu plus haut. On le voit continuer sa poudre d'escampette vers la maison et disparaître dans la haie d'épineux qui longe la pâture occupée par un grand troupeau de moutons. Les chiens malmenés ne se résignent pas. Ils empaument bien la voie. Après avoir fait montre de vélocité, ils font usage à présent de leur nez. Une certaine excitation les anime. « Taïaut ! » Le garenne, incommodé, déguerpit de l'endroit où il s'est réfugié. Les chiens ont vite réagi. Les gorges sont criantes et redoublent le plaisir des veneurs et des suiveurs, en particulier les jeunes gens et les enfants qui, après leur sieste, sont réapparus dans les bras des mamans et sur les épaules des papas. Il ne dure pas. Encore une fois le garenne se joue de ses poursuivants. C'est lui qui a le dernier mot en se fourrant sans coup férir dans une garenne.

Le jour décline. Un vent froid souffle par moments. La fatigue se fait sentir. Le maître d'équipage décide d'en rester là.

IV

Les beagles regagnent leur habitacle mobile, toujours sans leur congénère Feuillantine. Le maître d'équipage ne semble pas s'inquiéter de cette absence. On l'entend affirmer : « Vorace comme elle est, quand elle va entendre la curée, elle va rappliquer en moins de deux ! ». A la tête que fait sa compagne, je me dis qu'elle ne partage pas son avis. Le maître d'équipage agit de la sorte sans doute pour faire bonne figure dans cette situation peu plaisante et aussi pour ne pas gâcher le plaisir des Thibault.

La curée est sonnée avec une tonicité peu habituelle. La présence du piqueur du rallye au chevreuil n'est pas la seule cause de cet état de fait. Cette fanfare bien appuyée parviendra-t-elle aux oreilles de Feuillantine ? Ses congénères, eux, piaffent d'impatience sous le fouet qu'agite la maîtresse d'équipage. On attend encore un peu avant de leur permettre de goûter à leur récompense. Le maître d'équipage se retourne dans l'espoir de voir Feuillantine surgir d'un fourré. Il ne peut retenir une moue. Il s'accroupit enfin pour retirer la nappe qui couvre les deux prises de notre laisser-courre. Les honneurs du pied vont sans conteste à notre hôte qui n'a de cesse de caresser de sa main droite le pied logé dans le creux de sa main gauche. Son chaleureux accueil se prolonge avec un réconfort gourmand qui se tient chez lui, cette fois dans un commun de la propriété transformé en une coquette longère. Un feu de bois crépite dans la cheminée. La table de la salle à manger est recouverte de gâteaux faits maison. La maîtresse de maison tient à faire savoir que tout le mérite en revient à son mari. Nous avons droit aussi à trois galettes des rois à la frangipane que des jeunes gens ont achetées à la boulangerie du village où s'est tenue la messe. On sert du café et du thé dans des tasses, du cidre, de la bière et du jus de fruits dans des verres. On commente les différentes actions de chasse. On allume le lustre. La nuit est là. Le maître d'équipage jette un œil à sa montre. Il demande à notre hôte une torche. Roger Thibault et lui quittent la pièce. Je me propose de les accompagner. Ce mouvement a été fait en toute discrétion. Il ne faut pas nuire à la bonne ambiance, avec une histoire de chienne qui n'en fait qu'à sa tête. Le faisceau de la torche balaie le sol gravillonné qui fait office de terrasse. La lumière à la fenêtre de la maison a-t-elle convaincu Feuillantine de s'en retourner au bercail ? Apparemment non. Le maître d'équipage avance sur la partie herbeuse, en l'éclairant devant lui, puis à gauche, puis à droite. Dans le rond lumineux, comme un acteur sur scène dans celui d'un projecteur, un paisible lapin lève la tête. Ses yeux brillent comme deux pierres précieuses. Dérangé, il se contente d'effectuer un petit bond. Notre homme prend la direction des buissons. On le voit s'éloigner vers le lieu où le lièvre a débuché. Le capucin aurait-il eu la riche idée de revenir giter dans ses pénates, entraînant avec lui Feuillantine ? On l'entend appeler sa chienne avec tendresse : « Feuillantine ! Feuillantine ! Viens, ma belle, viens ! Il est temps de rentrer ! » Roger Thibault et moi le laissons agir seul dans cette quête. Nous ne voulons pas perturber sa démarche. La chienne, reconnaissant sa voix, sera plus en confiance. Les nôtres risquent de la rendre plus craintive. Notre hôte allume un cigarillo. Il sait que je ne fume pas. Après avoir savouré sa première bouffée, il me demande :

--- Vous avez souvent ce genre d'ennui ?

--- Comme je vous l'ai dit, je ne suis qu'un veneur occasionnel. Mais j'ai quand même participé à un bon nombre de laisser-courre. Je puis vous dire que je n'ai jamais rencontré cette situation. Une fois trois chiens sont partis sur un chevreuil alors que le laisser-courre était terminé. Mais tout le monde était là pour la curée.

--- C'est vraiment dommage. Nous avons tous passé un très bon après-midi. Et il n'est pas fini, d'ailleurs, comme vous pouvez vous en rendre compte.

Dans la maison des rires éclatent. On évoque sans doute l'essai infructueux du jeune qui a voulu s'initier à la trompe. Il n'a pas pu sortir un son convenable de l'instrument. Des applaudissements retentissent. On a trouvé très certainement une fève. Des pleurs fusent. Le garçonnet ou la fillette a vraisemblablement fait tomber par terre sa part de gâteau au chocolat.

Notre hôte poursuit :

--- Je ne crois pas que votre maître d'équipage voudra revenir chasser chez nous, après cette déconvenue.

--- Feuillantine n'est pas encore perdue.

--- Espérons-le… Je me demande ce que j'ai dans ma poche. Ah, il s'agit de la patte du lapin.

--- Le pied d'honneur, voulez-vous dire ?

--- Oui, c'est ça. De vous à moi, je ne sais pas quoi en faire.

--- Je connais un bon taxidermiste qui pourrait vous faire un beau trophée sur un écusson en bois, avec, sur une plaque en laiton, votre nom et celui de votre propriété. Je lui ai confié les deux pieds d'honneur que mon fils s'est vu décerner. Moi, à ce jour, je n'en ai aucun. Je m'occupe du vôtre, si vous en êtes d'accord.

--- Intéressant ! Bien sûr, les frais seront à ma charge.

Je n'ai pas le temps de lui indiquer le montant approximatif de cette opération. Le maître d'équipage est de retour. Nos yeux, d'un tacite commun accord, se posent sur ses jambes. Aucun animal ne colle à ses talons. Le maître d'équipage éteint sa torche à deux pas de nous. Nous ne bronchons pas. C'est lui qui entame la conversation :

--- On va arrêter là les recherches. Si Feuillantine, quelle mouche l'a piquée, a poursuivi le capucin jusqu'au bout, elle doit être bien loin d'ici. Ma compagne m'avait conseillé d'avoir un œil sur elle, mais jusqu'à présent elle n'a jamais fauté. D'ailleurs le maître d'équipage qui me l'a cédée avec trois autres chiens ne m'a rien signalé à son sujet.

A la nommant Feuillantine, son ancien propriétaire avait-il été inspiré par le titre du très joli poème de Victor Hugo, qu'on trouve dans le recueil *Les contemplations*, dans lequel le grand écrivain relate un épisode de son enfance : la découverte d'un livre noir qui les intriguait, lui et ses deux frères, en fait une bible « qui sentait l'odeur de l'encensoir », dont la lecture les charma, ou par un autre délice, culinaire celui-là : une croustillante pâtisserie au chocolat fondu.

--- Je suis navré, dit Roger Thibault
--- Vous n'y êtes pour rien, mais la prochaine fois… (Il marque un petit temps de silence), il serait bon de boucher les trous. Vous avez des lapins, ça c'est sûr, mais aussi bon nombre de garennes.

Le maître d'équipage s'en retourne chez lui. Il en a pour deux heures de route. Il a pris soin au préalable de laisser son numéro de téléphone à notre hôte, en lui demandant de l'appeler « dans le cas où la chipie aura la bonne idée de rentrer. » Au moment où il a refermé la portière de sa voiture, il n'a pas pu dissimuler plus longtemps sa contrariété. Ses sourcils étaient froncés. Sa bouche légèrement ouverte s'étirait, la mâchoire inférieure tendue en avant. Non, il n'avait pas les traits tirés dus à une bonne fatigue d'après-chasse. Assurément il avait le cœur gros de ne pas ramener dans son chenil la totalité de sa meute.

Aujourd'hui mercredi, comme tous les matins, je consulte ma boîte mail. Je note que le maître d'équipage a envoyé un message à l'ensemble de ses membres, un message qui ne peut pas être plus laconique : « Quand même !!! » (oui, avec trois points d'exclamation) mais assorti d'une pièce jointe. Je l'ouvre et découvre qu'il s'agit d'une photo. Sur une longue planche de bois posée sur deux billots, une ribambelle de beagles allongés, à la mine réjouie, profitent, à mon avis, d'un soleil hivernal. Mon index glisse sur chacun d'eux : « … neuf, dix, onze, douze. Oui, le compte est bon. »

Feuillantine est-elle la deuxième, la septième ou la dixième en partant de la gauche ? Je regrette de ne pas pouvoir le dire. Pour moi, tous ces petits tricolores ont la même jolie frimousse.

Jeunette

I

C'est la deuxième fois, cette saison, que je vais chasser à Toulaine. Aujourd'hui je m'y rends seul. Il y a deux mois, c'est en famille que j'avais rejoint cette commune située non loin de la petite abbaye en ruine de Neillay. Les obligations professionnelles de mon fils, l'amenant à rentrer le soir sur Paris, nous prîmes deux voitures. Les épouses étaient au volant, ce jour-là. N'étant pas sûr, pour des raisons d'intendance (faire les valises, vérifier qu'on n'oublie pas les jouets du petit-fils, préparer le pique-nique, enfiler la tenue de vénerie qui nécessite de passer un bon bout de temps devant le miroir pour nouer sa cravate…), d'être à l'heure au rendez-vous, habituellement fixé place de l'église, pour gagner le lieu-dit *Les Rouailles*, sous la conduite du maître d'équipage, nous prîmes sur nous d'arriver sur le lieu de chasse par nous-mêmes. J'avais encore en mémoire, l'itinéraire à suivre à partir de l'entrée dans Toulaine, ayant aussi confiance dans le GPS dont est dotée la voiture de mes enfants. Je retrouvai sans difficulté la place de l'église et la route qui mène à Sillé Bernard. Je savais qu'il fallait, à un moment donné, prendre un chemin sur la gauche qu'hélas nous manquâmes, car il n'était pas indiqué en amont. Le GPS, lui, nous « ordonnait » de poursuivre notre route et nous invita, à un croisement, à emprunter une petite route à gauche qui nous fit entrer dans une forêt, puis notre guide électronique perdit, sans jeu de mots, la boussole. Nous rebroussâmes chemin. Soudain à droite, après avoir parcouru à peine une centaine de mètres, apparut un modeste panneau vert en bois sur lequel était peint en blanc le mot *Les Rouailles*. Nous comprîmes que notre errance venait de prendre fin et moi de découvrir qu'on pouvait accéder sur le territoire de chasse par cette entrée de la propriété. C'est devant une belle demeure, mi-château, mi-gentilhommière, en pierre de taille, avec un joli perron, que notre équipage se tenait, autour de la remorque grillagée utilisée pour transporter les chiens, une douzaine de beagles attendant leur heure pour s'adonner à leur activité. Celle de l'apéritif étant passée - on était au pique-nique composé, à cause du COVID, de sandwiches. Tous regrettaient le temps où la plancha du maître d'équipage nous offrait de succulentes saucisses, et des échines de porc bien chaudes - nous refusâmes l'alcool qu'on nous proposa par politesse et pour nous montrer aussi qu'on ne nous en voulait pas pour notre retard et qu'en fait on était heureux de voir le nombre de veneurs sérieusement gonflé par notre présence (nous étions cinq nouveaux arrivants). Nous penchâmes plutôt pour un verre de vin rouge, un vin d'Anjou. Il faisait beau, le repas se prit donc sur le capot de la remorque sur lequel la maîtresse d'équipage avait posé une nappe en tissu à carreaux blancs et rouges.

Au moment de la sortie du chenil (ici la remorque), le maître d'équipage avait tenu à donner un fouet à mon petit-fils afin qu'il contribue à maintenir les courants rassemblés. L'enfant ne manqua pas de s'acquitter de cette mission de confiance. J'évoque cet épisode, car ce fouet nous causa, dans la semaine qui suivit, quelques tracas. Le maître d'équipage ne le retrouvait pas parmi ses affaires. Il le croyait perdu. C'était un beau fouet avec un manche en corne de chevreuil. Il finit par mettre la main dessus, le jour où l'envie le prit de ranger le coffre de sa voiture. Nous en fûmes soulagés.

Le souvenir de cette sortie occupe ma pensée pendant que je laisse derrière moi la ville de Laudalle. A l'entrée d'un vaste rond-point, je prends à droite machinalement, sûr qu'il faut agir ainsi. A peine ai-je fait quelques encablures dans cette direction, que je comprends que je n'ai pas opté pour la bonne sortie. Je me heurte en effet à une zone pavillonnaire et plus loin à une zone industrielle. Je fais fausse route indéniablement. Je tente de revenir sur mes pas. Sans succès. Un sens interdit me déporte sur la gauche. J'insiste pour retrouver la route. Hélas, je me rends compte que je tourne en rond. Je n'hésite pas à opter pour une échappatoire qui se présente à moi, avec une rue qui a cependant tout l'air d'être un chemin. Je constate qu'elle mène plus avant de la route venant de Laudalle. Ouf ! Je me repère. Je regagne le rond-point et emprunte cette fois la bonne route, la deuxième à droite, celle qui conduit à *Les Rouailles* et qui nous fait passer par Toulaine. Arrivé à destination, je file en direction de Sillé Bernard. Je ne cherche pas à prendre le chemin qui, à gauche, mène à la propriété, car on le découvre au dernier moment. C'est plus loin, au croisement, que je prends à gauche sans difficulté. Je parviens enfin sans encombre dans la propriété qui, à ma grande surprise, s'expose dans sa solitude. Pas l'ombre d'un veneur en vue !

Je jette un œil à l'horloge de ma voiture. Je suis en retard au rendez-vous d'à peine dix minutes. Je prends la décision de patienter. Si le maître d'équipage n'est pas présent, c'est qu'il a dû faire face, au dernier moment, à un imprévu.

Je sors de ma voiture, fais quelques pas autour d'elle pour dégourdir mes jambes. Je scrute l'allée qui longe le chenil et que j'emprunte habituellement quand le maître d'équipage me guide, à partir de la place de l'église. Elle baigne dans un profond silence. Rien à l'horizon. Je juge bon d'appeler le maître d'équipage sur son téléphone portable. J'entends sa voix dans ce qui est son message d'accueil. Je m'interroge alors : « Ne me serais-je pas tromper ? La chasse se tient peut-être dans un autre lieu? » Je relis le SMS qu'il a envoyé à ses membres, en début de semaine. Non, je ne me suis pas trompé. Alors que se passe-t-il ? Avant de regagner mes pénates, je prends le temps de casse-croûter. J'en suis au dessert, une banane que je vais accompagner de biscuits bio, ceux que j'avale (le mot n'est pas trop fort), au nombre de quatre, ce que contient le sachet en aluminium, après les sept heures de cours que je dispense dans mon école d'ingénieurs, sur le chemin qui conduit à la station du RER. Ces goûters aux pépites de chocolat ont la particularité d'offrir du magnésium qui, comme chacun le sait, contribue à réduire la fatigue. Si je les dévore, c'est que j'ai vraiment besoin de me requinquer pour faire face aux contraintes qui m'attendent encore : trottiner pour récupérer un métro, monter quatre à quatre les escaliers de la gare Montparnasse, remonter à grandes enjambées le quai de la voie sur laquelle est stationné mon train… Une vraie course contre la montre ! Aujourd'hui je vais les déguster posément, je l'avoue, non pas dans le souci de me booster avant la chasse comme je l'avais prévu mais plutôt par gourmandise. J'en suis là lorsque mon téléphone se met à sonner. Le maître d'équipage m'appelle :

--- Où êtes-vous, monsieur Pailcoq ?

--- Aux « Rouailles », devant la maison des propriétaires. Là où nous avons pique-niqué l'autre fois.

--- Ah ! Vous n'êtes donc pas passé par « Les petites Rouailles ! » Nous sommes dans le relais de chasse qu'on nous a ouvert aujourd'hui. Vous voyez où il est ?

--- Oui, nous y avons pique-niqué un jour où il faisait très froid. Je vous rejoins. A tout de suite !

J'emprunte à pied l'allée que j'aurais dû prendre en voiture en sens inverse. Ce qui m'aurait permis de rencontrer les véhicules des veneurs stationnés devant le relais de chasse. Je sais que je m'en approche, en entendant des aboiements aigus qui s'intensifient, comme le développement d'une symphonie avec l'introduction progressive de tous les instruments de l'orchestre. Les quelque 40 Harriers de l'équipage local qui chasse le renard ont flairé ma présence. Il n'y a pas de colère dans leur voix, contrairement à mon fox-terrier, ce têtu Miel, qui ne supportait pas le passage du facteur. Quand il m'arrivait de maugréer après lui, ma femme me rappelait à l'ordre : « N'oublie pas que nous lui devons une fière chandelle ! » Elle faisait allusion à cette nuit où il nous avait réveillés, par ses aboiements répétés, dans l'immeuble de notre domicile parisien. Il nous avait ainsi avertis du danger qui nous menaçait. Un incendie s'était déclaré dans l'appartement situé au-dessus du nôtre. Ils me voient maintenant et se pressent contre le grillage de leur chenil, serrés les uns contre les autres. Quelques-uns, sans gêne, s'appuient de tout leur poids sur le dos de leurs congénères, pour se rapprocher au plus près du premier rang. S'il n'y avait pas de clôture, ils seraient déjà autour de moi, deux d'entre eux, les sensibles les plus rapides, n'hésitant pas à poser leurs pattes avant sur ma poitrine pour obtenir une caresse sur leur tête.

    Je les salue de la main et, avec une intonation propre à leur faire comprendre que je les flatte, je leur lance :

    --- Allons, les beaux ! Allons ! Mais oui ! Mais oui !

II

Je pénètre dans le relais de chasse, non sans avoir au préalable pris soin d'envelopper ma bouche et mon nez d'un masque chirurgical. Les conversations vont bon train. Le pique-nique touche à sa fin. On en est au café. Sur ma gauche, j'aperçois, remisant des aliments dans une glacière, Madeleine, la maîtresse d'équipage du Rallye Plessis gratte-mousse. Je ne vois pas son mari. Je me dirige vers elle, la salue et la questionne :

--- Erwan n'est pas avec vous ?
--- Il chasse le cerf. C'est François le maître d'équipage, aujourd'hui.

Grand, costaud, droit comme un i, (mon fils, féru de rugby, la première fois qu'il l'a vu, n'avait pas pu s'empêcher de s'exclamer : « Il a tout d'un seconde ligne ! » Il est aussi un brillant sonneur. Isaure, la fille de Madeleine et d'Erwan, une adolescente à la jolie fossette sur la joue droite quand elle arbore un large sourire (c'est ce qu'elle est en train de faire) est en compagnie d'un couple dont je ne connais pas les prénoms, parents des jumeaux Luc et Anne. Il est plus facile de demander aux enfants leurs prénoms et leur âge. Ils ont sept ans et pour l'instant ils sont fort occupés à se lécher les doigts. C'est la deuxième fois que je rencontre ce couple. La première l'a été lors du laisser-courre qui a marqué le début de la saison de chasse, dans un charmant petit village, lieu de prédilection de « la boule de fort » (comme la pétanque, ce jeu consiste à approcher d'un cochonnet des boules, mais ici celles-ci ne sont pas tout à fait rondes. Quant aux joueurs, c'est en pantoufles qu'ils s'adonnent à leur loisir dans des boulodromes couverts) situé pas trop loin de la ville où j'ai dirigé jadis un établissement scolaire. L'accueil s'était fait, un matin frisquet, dans un bois. Le café, pourtant servi dans des gobelets en plastique, avait été le bienvenu. Nos hôtes ont un fils, chasseur à tir passionné par le gros gibier, le sanglier en particulier. Quand je lui ai demandé pourquoi il avait attaché des bidons à des troncs d'arbres, il m'a répondu d'une voix très douce (je crois que ma question lui faisait plaisir) :

--- Ils contiennent du goudron.

Je n'ai pu m'empêcher de l'interrompre pour marquer mon étonnement :
--- Du goudron !
--- Oui, le goudron attire les sangliers. Ils aiment se frotter le ventre contre les troncs pour se débarrasser des parasites. Et du coup, ils restent sur mon territoire de chasse.

Un peu plus tard, au moment de l'apéritif, j'ai appris par son père à qui je venais de confier que grâce à son fils, j'avais découvert aujourd'hui un autre usage du goudron que celui de recouvrir les routes pour les rendre carrossables, qu'il «est capable, mais il ne s'en vante pas, de savoir quels animaux sont entrés dans notre bois, en examinant les empreintes qu'ils ont laissées sur le chemin de terre qui le borde. Et s'il s'agit de cochons, il peut en déterminer le nombre. Il sait s'il a affaire à des adultes, groupés ou pas, ou bien à une laie suivie. Il peut même évaluer leurs poids. »
Il n'y a pas à dire, ce chasseur est vraiment un nemrod. Et un grand modeste !

Du Rallye Plessis gratte-mousse, il y a aussi celui qui me fait penser à Lucien Odet, un personnage de la nouvelle *Il y a prescription monsieur le sous-préfet*, dans *Le cor de monsieur de Boimorand*, un ouvrage de René Chambe. Comme ce chasseur était taciturne, solitaire et rêveur, le père de l'auteur « l'avait surnommé à la manière de Cervantès le chevalier à la triste figure. » Il était aussi un ami apprécié « pour la douceur de son caractère. » Notre homme est toujours bien placé dans les différentes péripéties d'un laisser-courre. Quand on lui demande par exemple : « Où en est-on ? » Il montre un sourire à peine entamé et, sans mot dire, il désigne le lieu de l'action de chasse avec le manche de son fouet.

Si, de mon équipage, Bruno et sa femme sont là aujourd'hui, je constate encore cette fois-ci l'absence de Frédo, le dévoué volontaire pour les tâches les plus difficiles ou ingrates comme celles d'aller dans un amas de méchantes ronces pour récupérer le garenne pris par les chiens ou d'enlever les crottes (les grenades comme on les appelle parfois) offertes par les courants dans la cour superbement gravillonnée d'un manoir, à leur descente de la remorque, et celle de sa femme, elle, pourvoyeuse d'excellents fromages, toujours en grosse quantité et d'un délicieux fondant au chocolat. Pas la présence non plus de Claude, l'adjoint de mon maître d'équipage (ses nouvelles obligations professionnelles le rendent moins disponible. Quand mon maître d'équipage ne peut bénéficier de sa collaboration, sentant le poids des années, il apprécie d'être accompagné d'un autre maître d'équipage, jeune de préférence. C'est lui qui a dû inviter le maître d'équipage du Rallye Plessis gratte-mousse), ni de son père. L'image que j'ai de cet homme à la soixantaine bien frappée et au bâton de marche dont la poignée est constituée d'un bois de chevreuil est celle d'un berger immobile, le regard fixant l'horizon. Je ne me le remémore pas marchant.

Depuis l'apparition du COVID, des membres de l'équipage évitent de se retrouver. Par prudence, ils restent chez eux.

III

Comme à chaque fois, pour moi en tout cas, le laisser-courre débute par une conversation, le temps que les courants consacrent à leur toute première investigation à gauche, au bout de la belle allée en terre battue bien tassée que je foule en compagnie de Bruno. Comme nous sommes en plein air, j'ai ôté mon masque que j'ai fourré dans une de mes poches de ma veste huilée. La meute s'est égaillée mais reste cependant dans un périmètre que tolèrent les maîtres d'équipage. Les truffes collées au sol, les beagles sont à leur affaire, comme le témoigne l'agitation de leurs fouets. Quelques-uns s'engouffrent dans ce qui est pour eux une muraille d'épines. Ils voudraient avoir dans leurs nez l'odeur d'un garenne. Ne sont-ils pas là pour en déloger un ? Ils ont attendu toute la semaine cette distraction. Peut-être aussi ressentent-ils le devoir de faire plaisir à leurs maîtres parce que ceux-ci de nouveau mettent en eux toute leur confiance. Alors ils feront tout pour que l'après-midi soit réussi. J'observe leur rituel, tout en étant attentif aux propos de Bruno:

--- Pour sûr que notre retraite est la bienvenue !
--- C'est vrai que vous l'avez prise en même temps que votre femme ;
--- Oui, c'est une bonne chose. On a eu cette chance. Car on finissait par ne plus trop se voir.
--- Votre femme est infirmière, je crois.
--- Oui. Ses horaires de travail ne correspondaient pas toujours avec les miens.
--- Et puis vous avez plus de temps pour chasser. Votre équipage au chevreuil chasse aussi en semaine, d'après ce que j'en sais.

Voilà qu'un chien fait entendre sa voix rauque. Il a pour écho une gerbe de cris plus aigus. Une fanfare éclate maintenant. Le ton monte. A n'en pas douter la quête est fructueuse. Les courants rallient leur congénère, auteur de cette mobilisation. Aucune vue n'est sonnée cependant. On ne constate aucun débuché. La musique originale des chiens est maintenant decrescendo. Le silence s'installe. Le sentiment du conil s'est évaporé. J'entends d'ici ce que mon maître d'équipage doit déclarer (c'est toujours le même scénario à cet endroit) : « Il y a des voies partout, mais elles ne vont pas jusqu'au bout. »

Comme à l'accoutumée, c'est vers une large cuvette, vestige d'une ancienne carrière, bordée par une haie généreusement fournie en orties, qu'on déplace maintenant la chasse. Bruno et moi décidons de combler la distance qui nous sépare de la meute. Cette résolution va vite trouver sa récompense. Nous arrivons à deux pas des maîtres d'équipage. Nous sommes accueillis par une excitation incroyable. C'est là une attaque franche et nette. Les chiens doivent avoir dans le nez l'odeur du poil fumant d'un lagomorphe, ça c'est sûr ! Les cris viennent dans notre direction. Soudain surgit un chien de belle taille, de couleur fauve avec, à ses trousses, les petits tricolores chantant à gorge déployée. Les maîtres d'équipage ont saisi l'objet de cette débauche d'énergie. On a affaire à un renard ! On les entend hurler : « Laissez ça ! Laissez ça ! » Leurs piboles sonnent de brefs et puissants coups. C'est là la façon qu'ont les maîtres d'équipage d'intimer aux courants l'ordre de les rejoindre. On entend claquer sur le sol la lanière d'un fouet d'une veneuse. Elle apporte ainsi, en fouaillant, son concours pour rompre cette menée non réglementaire. François replie son 1,90 m pour s'accroupir. Il tend les bras. Ses chiens, un à un, vont vers lui. Il les remercie de leur obéissance par une caresse sur leur tête.

IV

    Isaure, la petite demoiselle, marche à mes côtés. Elle porte élégamment la tenue de son équipage : un gilet couleur bleu des mers du sud (moi qui suis ignorant dans les nuances des couleurs, je reconnais celle-ci, car au lycée, j'avais une camarade qui n'utilisait pour son stylo à plume que cette couleur d'encre) avec galon de vénerie, sous sa veste huilée ouverte. Je n'ose pas lui demander si c'est elle qui a confectionné le nœud de sa cravate. Il est vraiment superbe. Le mien a toujours mauvaise mine. J'entame néanmoins la conversation, car, elle, elle est trop timide pour le faire :

    --- Alors papa chasse le cerf, aujourd'hui ?

    --- Oui. Il est parti dans le Nord, chez un ami d'enfance, maître d'équipage, qui l'invite toujours pour son anniversaire et ça depuis des années.

--- C'est là une bien belle amitié, en effet ! Je crois que c'est bientôt le brevet ?

--- Oui, le BEPC.

--- Que comptes-tu faire après ?

--- J'aimerais bien faire un métier ayant un rapport avec la nature.

--- Ah, c'est bien ça !

--- Oui, je me verrais bien intégrer l'ONF. J'aime les arbres.

Voilà que s'offre à moi, une opportunité d'évoquer mon maître Jean Giono.

--- Connais-tu le livre « L'homme qui plantait des arbres » ? C'est un petit livre pas très épais. Il a une trentaine de pages seulement.

Et me voilà lui racontant la merveilleuse histoire d'Elzéar Bouffier, ce vieux berger solitaire qui plantait des glands afin que les forêts qui allaient s'élever redonnent vie à un coin perdu de Provence.

Je vois Isaure filer devant moi, au petit trot. Son autre amour, celui de la chasse, vient de se rappeler à elle. Plus haut, une gerbe de cris l'emporte sur mon bavardage. Isaure a dû me dire « Excusez-moi », au moment elle s'apprêtait à m'abandonner. Je ne l'ai pas entendue. J'étais encore en train d'évoquer des personnages de Giono, cette fois ceux du très beau livre qu'est *Regain*, Gaubert, Panturle, Mamèche, Arsule, qui chacun, à sa manière, apporte sa contribution à la renaissance d'un village abandonné, Aubignane.

J'entends courir derrière moi. Je me retourne. Ce sont les jumeaux. D'où sortent-ils, ces deux loustics ? Quand ils arrivent à ma hauteur, je leur lance :

--- Alors, les enfants, elle vous plaît cette chasse ?

--- Oh oui ! me répond le garçon en tirant sur la pointe de sa petite casquette en tweed bleu marine.

J'ose leur demander :
--- Où en est-on ?

--- On a pris, dit sa sœur de sa voix cristalline, tout en flagellant un buisson avec un bout de branche ; ce qui, à quelques pas de là, fait s'envoler un oiseau.

--- On l'a pendu à la branche d'un arbre, poursuit son frère. Et il est bien beau !

--- Ah, dis-je. J'ai bien entendu les chiens chanter et entendu sonner plusieurs fois la vue au….

Je suis interrompu par la sœur :
--- C'est nous qui l'avons vu les premiers, hein, Luc !

--- Heureusement qu'on nous a crus !
--- Il devait être quelle heure ?

Je m'interroge sur le moment de la prise. Je jette un œil sur mon téléphone portable qui me sert de montre. On chasse depuis une heure et demie à peine. Je relève la tête. Les enfants viennent de me fausser compagnie. Ils ont mieux à faire ailleurs. Je me retrouve seul dans cette longue allée bordée de murs d'arbres envahis de ronces, à l'herbe rase parce que bien entretenue sans doute par le passage régulier d'une tondeuse, sous un ciel uniformément d'un gris pâle. Si on l'observe attentivement, on peut deviner, grâce à sa frange bleue, pareille à un halo, un nuage isolé. Le soleil montre qu'il est là mais il respecte la saison. Il se veut discret. Nous sommes en hiver. C'est une tache blanche lumineuse. Je me surprends à ne pas avoir envie de rejoindre les membres de l'équipage. J'ai celles de marcher lentement et de penser posément.

V

Luc et Anne ont bien de la chance. Ils ne sont pas, à 10 ans, à leur premier laisser-courre. Moi, j'ai découvert la vénerie sur le tard. Et je me réjouis de constater la véracité du dicton: « Vaut mieux tard que jamais ! » Je ne suis pas d'une famille de chasseurs. C'est mon fils qui m'a ouvert la porte de ce nouveau monde. Tout petit déjà, il était attiré par les chiens. A 3 ans, il sautait au cou de ceux qu'il croisait dans la rue (le modeste bâtard comme le beau chien de race avaient droit à ses marques d'affection. Peu lui importaient aussi la taille et la robe), à la grande frayeur de sa mère que les propos de leurs maîtres : « Il est gentil ! Il ne fera de mal à personne ! » n'arrivaient pas à la rassurer sur le sort qu'allait connaître son petit lord Fauntleroy.

A l'image de ce personnage se prénommant Cédric, du célèbre roman de Frances Hodgson Burnet, adapté au cinéma, notre fils était très mignon dans ses habits anglais ; la culotte et son manteau bleu marine lui allaient à ravir. Nous avions fini par le combler en lui offrant le même chien que celui de Tintin. Nous avions commencé à lui lire les bandes dessinées d'Hergé. Adolescent, il m'avait entraîné, un dimanche après-midi, à une fête de la chasse. Il s'était vite lié d'amitié avec le valet de chiens du Rallye Bretagne qui se faisait appeler *La branche* (c'est alors que j'appris que les professionnels d'un équipage, le valet de chiens, le piqueur avaient un surnom). Par la suite, celui-ci avait la gentillesse de l'inviter à des chasses. Je l'accompagnais. Nous suivions la chasse, lui en VTT, moi en voiture (cette pratique est fastidieuse, je l'avoue. D'où mon goût pour la vénerie au lapin. C'est ma femme, cette fois, qui m'a fait connaître ce type de chasse, tout d'abord en m'offrant le beau livre de Patrick Verro *La vénerie à pied* qu'elle avait déniché dans le bric-à-brac d'une brocante, ensuite, par l'intermédiaire d'une de ses amies avec qui elle prenait des cours de calligraphie et dont le mari défunt avait été un chasseur reconnu dans la région et apprécié de ses confrères en saint Hubert, une très jolie trompe aussi, membre d'un ensemble qui participait à des championnats, et auteur d'un intéressant article sur la maîtrise de l'art du tayaut dans les fanfares où il est en usage, en me permettant d'intégrer un équipage de vénerie au lapin qu'un piqueur d'un vautrait venait de monter. Là, le suiveur à pied peut, s'il le souhaite et s'il s'en donne la peine, être très près des actions de chasse, voire même apporter sa contribution à leur réussite. Je ne tardai pas à acheter une trompe à mon fils. Il prit des cours. Il sonnait parfaitement les fanfares *Le sanglier*, *Le point du jour* et *La marche de vénerie*. Aujourd'hui la trompe est reléguée dans le grenier, en attendant une activité professionnelle moins trépidante qui lui laissera alors du temps pour les loisirs. J'étais séduit par les belles tenues aux couleurs chatoyantes des hommes et des femmes : *bleu de roi, parements et gilet amarante avec galon de vénerie, culotte blanche, bottes à revers*. Pierre-Louis Duchartre, le fondateur du Musée de la chasse de Gien, écrit dans *Heureuses billebaudes* : « La grande vénerie s'habille très spécialement en l'honneur de dame nature et non pas poussée par une banale et grosse vanité vestimentaire. » Avec les chevaux, que les veneurs tenaient par la bride, il me semblait évoluer dans ce beau siècle qu'est le XVIIIe. Je ne me lassais pas des sonneries vibrant dans les airs comme de joyeux cris de ralliement. J'humais l'odeur des chiens dans le chenil, contenant pas moins de *80 Anglo-Français Tricolores*, qui me rappelait étrangement celle des méchouis que mon père faisait lors des baptêmes, des fiançailles, des grandes retrouvailles familiales, de l'autre côté de la Méditerranée. J'étais impressionné par le cérémonial des honneurs. J'appréciais beaucoup l'usage qui consiste à saluer les femmes en soulevant sa bombe ou sa casquette, ou à exécuter ce même geste à des moments précis lors du rapport ou de la curée.

    Pourquoi suis-je sensible à cette façon de marquer son respect ? Parce que j'ai en mémoire une situation cocasse. La cloche de l'école primaire venant de sonner la fin de la journée, je me trouvais avec deux de mes camarades, à remonter le couloir qui longeait les salles de classe (la nôtre était à l'extrémité du couloir) et qui, à cette heure, menait à la sortie. Notre petit groupe, qui occupait toute la largeur du couloir, vint à rencontrer deux maîtresses. L'une d'elles nous apostropha, menaçante, son index pointé contre nous, le sourcil droit dressé en accent grave :

--- C'est ainsi que l'on se comporte, mal élevés !

Nous nous empressâmes de leur céder le passage. Chacun de nous bredouillait : « Pardon, madame ! »

Nous tombâmes des nues quand elle nous rétorqua :

--- Il n'y a pas que cela ! Vous avez déjà oublié votre leçon de morale ou bien vous n'écoutez pas votre maître ! Regardez votre camarade (elle me désignait, je me sentis défaillir). Il connaît la politesse, lui ! On se découvre devant les grandes personnes !

En vrai, je ne m'étais pas découvert. Contrairement à mes deux camarades, j'avais tout simplement retardé le moment où j'allais visser ma casquette sur ma tête.

Je n'oublie pas, loin s'en faut, le plaisir de l'après-chasse, quand tous se retrouvent, veneurs et suiveurs, pour le partage du verre de l'amitié et des bons gâteaux (je suis un gourmant reconnu) faits maison la plupart du temps, en plein air souvent, devant un beau feu de cheminée quelquefois.

Si l'écrivain occasionnel que j'étais (et que je suis encore) se réjouissait d'apprendre de nouveaux mots : empaumer, billebaude, se forlonger, brisées (je connaissais l'expression « aller sur les brisées de quelqu'un », sans savoir quelle était son origine), bien-aller, hourvari, bat-l'eau, qui ne tarderaient pas à se retrouver dans une ou deux de ses prochaines nouvelles, (il ne savait pas encore qu'il écrirait en fait des récits de chasse, à en faire même un livre, avec la collaboration de son fils. C'est lui qui lui a donné son titre *A travers plaines et ronciers* et qui l'a enrichi de ses connaissances historiques et culinaires. Comme je l'ai déjà dit, je me plais à rendre à César ce qui lui appartient) ou dans ses poèmes qui avec d'autres relatent les moments touchants de sa famille que, il l'espère, ses petits-enfants apprécieront de découvrir quand ils seront plus grands :

(... Mais j'aime la beauté aussi d'un laisser-courre,
Les superbes tenues, en meute tous les chiens,
Les vives fanfares qui font un si grand bien,
Et ses préparatifs. L'ambiance qui m'entoure...

Il connaissait parfaitement, du cerf, les ruses.
La voie perdue, il retrouvait le volcelest.
De sa trompe dorée, sortaient des bien-aller.
Il était fier aussi, peu enclin aux excuses...),

l'écologiste que j'étais (et que je suis encore : je prends une rapide douche plutôt qu'un bain, le soir j'éteins la lumière de la pièce que je quitte, en voiture je roule à une vitesse inférieure à celle autorisée, je trie mes déchets, je récupère les feuilles de papier A4 dont seul le recto a servi pour rédiger au verso mes listes de courses, j'essaie de manger bio, j'évite de cuisiner des plats qui nécessitent un long temps de cuisson) se demandait s'il était bon de succomber à ce récent attrait. On en voulait tout de même à la vie d'un animal ! Je répondis à cette question l'après-midi où je surpris mon chat (à la mort de notre chien, afin de nous nous assurer de ne pas nuire à notre facteur, ma femme et moi, nous avons pris le parti de remplacer notre toutou par un minou au poil roux. Ce type de chat passe pour avoir un caractère très doux. Il est vrai aussi qu'au moment de prendre cette décision, notre fils avait bien grandi et que nous voulions cette fois faire plaisir à notre fille) s'acharner à vouloir rattraper un oisillon sûrement tombé d'un nid (comment était-il parvenu dans notre petit jardin sans arbres ?). J'avais beau lui ordonner de mettre un terme à son entêtement : « Laisse, Berlingot ! Laisse ! », rien n'y faisait. Je m'efforçais de le détourner de sa course-poursuite en lui barrant le passage. Il s'arrêtait pour mieux se relancer dès que je baissais ma garde. Je finis par abandonner. J'aurais compris son comportement si j'étais un mauvais maître (dans la famille, c'est à moi que revient la charge de le nourrir) qui oublie de lui donner sa ration de croquettes quotidienne. Ce n'est pas le cas. Il a même droit à des extra. Par exemple, une fois par semaine, il savoure la couenne de deux tranches de jambon à griller. Ma femme, de son côté, le gâte régulièrement avec un reste de crème fraîche quand elle fait ses délicieux gâteaux. « Cette situation est dans l'ordre des choses », me dis-je. Henri Vincenot l'exprime mieux que moi, dans son livre *La billebaude* : « Le plan universel se déroulait. »

Par ailleurs, avec le bon sens et l'esprit pratique qui la caractérisaient, une collègue de travail à qui j'évoquai, je ne sais pas pourquoi la scène de mon chat-chasseur, corrobora, non sans tristesse, cette conviction. Elle me révéla qu'elle avait connu une situation similaire. Ses six jolies cannes de Barbarie qu'elle se plaisait à voir glisser sur le plan d'eau de sa propriété avaient été exterminées, les unes après les autres en l'espace de deux semaines. Elle trouvait le matin, sur l'herbe de la berge, les plumes blanches de la malheureuse victime que son prédateur avait emportée avec lui. Elle n'avait pas eu affaire, elle, à un chat mais à un renard, à n'en pas douter.

Que serait-il advenu à ses cannes si elle avait déposé dans le fond de son parc la carcasse du poulet rôti du dimanche ou les os des côtelettes de porc, comme elle le fait maintenant, pour ne pas encombrer sa poubelle, et qu'elle ne retrouve pas le lendemain ? Le goupil aurait-il réfréné son ardeur en se contentant, certaines nuits, des reliefs d'un repas familial d'un couple et de ses deux enfants ?

VI

Je me rends à l'évidence : je suis en marge de la chasse. Mais c'est grâce à elle que je suis là, heureux d'être là, les mains dans les poches de ma veste huilée, ma pibole en bandoulière, posée sur ma poitrine, que je n'ai pas eu l'opportunité jusqu'à présent de porter à ma bouche. Les tracas, les problèmes du XXIe siècle, et on sait qu'ils sont nombreux (le Covid est encore présent et pas seulement dans les esprits) se sont rembuchés comme le garenne de l'autre côté de l'immense fourré que je longe maintenant, si j'interprète bien la péripétie qui vient d'avoir lieu. Une gorge criante a retenti (le nez d'un chien avait accroché la vapeur d'une voie) déclenchant presque aussitôt un joyeux carillon. Les beagles, à les entendre, ont offert aux veneurs et aux suiveurs qui avaient la chance de les voir une belle menée. La meute a dû s'étirer en virevoltant comme, dans le ciel, la queue confectionnée avec des morceaux de chiffons noués les uns aux autres du cerf-volant que mon père me fabriquait, il y a quelque soixante années, avec le papier qui servait à recouvrir mes livres scolaires, des bouts de roseau et de la ficelle. L'intensité de l'enthousiasme faisait penser que les chiens soufflaient bel et bien au poil du gratte-mousse. Puis tout à coup, un seul et unique cri, la dernière note de la symphonie.

Après avoir prêté attention à cette course-poursuite que je n'ai pas pu contempler, le silence revenu, le dilettantisme dans lequel je continue de m'abandonner m'amène tout naturellement à la contemplation de ce qui m'entoure. Je regrette de ne pas savoir reconnaître les arbres qui font le décor dans lequel j'évolue. Sont-ce des aulnes ou des ormes, des frênes ou des peupliers (les platanes et les chênes, eux, ne me sont pas étrangers. On peut ajouter dans cette courte liste, ne les oublions pas, les bouleaux que l'on trouve en abondance chez notre hôte, le propriétaire de l'ancien moulin à eau) ? Il en va de même pour les noms des oiseaux. Ceux que je vois sont-ce des merles ou des geais, des pinsons ou des mésanges ? Ai-je devant moi, un sous-bois ou un taillis, une futaie ou un hallier ? Je me console de cette ignorance en me disant : « Quand Adam et

Eve ont découvert le paradis, ils devaient être dans la même situation que la mienne. Cela ne les a pas empêchés de trouver beau ce que leur regard embrassait ! » Je peux ajouter que j'ai longtemps confondu le capucin (le lièvre) et le jeannot (le lapin). Pour atténuer le rouge qui monte à mes joues, je me remémore le territoire où l'on chassait, il fut un temps. Les propriétaires, un couple charmant, nous réservaient à chaque fois un excellent accueil. Une année, à l'approche de Noël, nous eûmes droit à un véritable repas de réveillon, un midi. Le début de la chasse qui suivait les agapes fut quelque peu laborieux. Les chiens nous distançaient sans peine. Bien sûr nous étions loin d'en vouloir à nos hôtes. Nous ne pouvions pas oublier cette journée. La preuve ! Ils y avaient planté un panneau de signalisation triangulaire semblable à ceux qui jalonnent les routes. Il indique la mention suivante : « Priorité au lapin ». Pour figurer l'animal en question, le peintre a reproduit un lièvre, erreur que ne finit pas de regretter le mari, bouton dans un vautrait. Il est fort à parier que le peintre au joli coup de pinceau est un citadin, tout comme moi d'ailleurs. Rabindranath Tagore, un de mes poètes préférés, en 1913, premier prix Nobel de littérature, lui, disait à son sujet « Je suis une créature urbaine, née dans une ville ». J'ai en effet toujours habité en ville, dans de grandes villes, Oran, Toulouse, Paris, Rennes et Nantes. Enfant, je passais le plus clair de mes vacances au bord de la mer, chez mes grands-parents maternels. Mon terrain de jeux était la plage. Ma chasse consistait en une pêche aux moules, aux bigorneaux, aux berniques et aux coques que je sortais du sable où elles se nichaient (ma vénerie sous terre). Il fallait au préalable bien observer le sol humide pour trouver l'indice de leur présence : deux petits trous rapprochés. Je passe sur la chasse cette fois aux crabes que j'allais chercher sous les rochers, à main nue. Le cri que je poussais souvent n'était pas dû à la morsure d'un blaireau, heureusement, mais à celle du crustacé décapote qui ne voulait pas se faire prendre. Aujourd'hui, pour les vacances d'été, une station balnéaire sur la côte de la Manche a la préférence de la famille et, lors des petites vacances, ma femme et moi visitons les majestueux châteaux de la Loire ou nous gardons à la maison les petits-enfants qu'on nous confie.

Toutefois un de mes cousins à qui je faisais part de mon attrait récent pour la vénerie, en lui confiant que j'entrais dans un monde qui m'était totalement inconnu, me lança, sans doute sur le ton de la plaisanterie, mais je ne saurais l'affirmer :
--- Mais tu ne te rappelles donc pas, qu'en Algérie, nous chassions dans le jardin de l'oncle Emile. Nous taquinions les moineaux avec des lance-pierres.

Si je me souviens très bien des lance-pierres, qu'enfant on fabriquait avec une branche d'olivier fourchue et un solide élastique noir qu'on se procurait chez le droguiste (on avait coutume de les appeler « estaques »), je n'ai rien retenu des parties de chasse qu'évoquait mon cousin. Il ne mentait pas, j'en suis sûr. Il avait dû s'adonner à la chasse aux moineaux avec certains de ses autres cousins. En matière de jeux à tir, je préférais celui qui consistait à loger des noyaux d'abricots séchés qu'on désignait sous le nom de « pignol », dans les trous numérotés grossièrement en bleu à l'aide d'un crayon de couleur (les chiffres indiquaient le nombre de points que rapporteraient les tirs réussis) qu'on avait pris soin de creuser au dos d'une boîte de chaussures vide et qu'on plaçait à deux ou trois mètres devant soi. Je fermais un œil pour bien viser. Plus tard, adulte, dans un château, j'ai découvert un jeu qu'on pratiquait au XVIIIe siècle (il remonte en fait au Moyen Age) et qui s'apparente à celui que je viens d'évoquer: le trou-madame. C'est un beau meuble en bois verni, se présentant comme une étroite table rectangulaire sur laquelle on fait glisser des palets en bois, après les avoir poussés d'un coup sec, en direction d'arcades numérotées.

Une odeur de fumée chatouille mes narines. Les propriétaires ont dû faire un feu de bois dans leur cheminée. Ils s'apprêtent à prendre leur thé, très vraisemblablement. Il est bientôt 4 heures. Un chien puis un deuxième trottinent à mes côtés. Instinctivement je viens de recoller à la chasse.

VII

Indiscutablement la Création est une belle œuvre. Dans le livre de la Genèse, après la création de l'être humain, il est dit que « Dieu vit tout ce qu'il avait fait : cela était très bon.» Cette référence pour souligner que je suis content de retrouver les miens, mes semblables, les membres des équipages.

C'est Isaure qui m'accueille :
--- Vous l'avez-vu ? Vous l'avez-vu ?
--- Non ! Je suis en retard sur l'action. Pour faire bonne figure j'ajoute : - J'ai pourtant couru.
--- C'était une belle menée ! Une belle course-poursuite !
--- Je le crois. Je les ai entendus crier à pleine gorge.

--- Ils allaient bon train. J'ai cru un moment qu'ils allaient le coiffer.

--- C'est le garenne qui a donc eu le dernier mot, alors ?

--- Oui, il s'est rembuché là dedans.

Elle me montre du doigt un énorme massif de ronces épaisses qui montent à mi-hauteur d'arbres difformes parce qu'on les élague rarement ou jamais.

--- Il n'y a qu'un garenne qui peut trouver son chemin là-dedans, dis-je.

--- Pas seulement un garenne.

Elle a raison. Les petits tricolores ne tardent pas à donner de la voix. Mon maître d'équipage les appuie : « Y va là, mes belles ! Y va là ! » Le maître d'équipage du Rallye Plessis gratte-mousse demande que nous enveloppions l'enceinte de chasse. Les veneurs s'éloignent les uns des autres. A l'aide du fouet ou, pour ceux qui n'en ont pas, d'une baguette, nous frappons une de nos bottes, la droite pour les droitiers, la gauche pour les gauchers. Le bruit que nous provoquons a pour but de dissuader notre lagomorphe de prendre son contre. Il doit se maintenir dans l'enceinte. Nous mettons donc tout notre cœur à lui enlever l'envie d'en sortir. Nous jouons en quelque sorte les rabatteurs. Les récris sont pleins d'entrain. Les beagles sont enthousiasmés. A n'en pas douter, ils soufflent au poil du jeannot. Le maître d'équipage du Rallye

Plessis gratte-mousse, lui si calme d'ordinaire, s'époumone : « Ecoute à Farandole ! Ecoute à elle ! Ecoute ! » Il demande à ses courants de suivre leur vaillante congénère qui, il en est sûr, est à l'origine de cette belle orchestration. Je me retiens pour ne pas ôter ma casquette, non pas afin de le saluer, mais pour lui tirer mon chapeau. Il est capable de reconnaître la voix de chacun de ses chiens ! Son encouragement nous apporte le dénouement que nous attendions. Un petit cri aigu nous signale que le chassé est pris.

Il ne nous reste plus qu'à aller le chercher. Ce n'est pas une mince affaire. Mon maître d'équipage n'hésite pas. Il est le seul à avoir pensé à enfiler, au début de la chasse, un pantalon en plastique, ce genre de cuissard qu'affectionnent ceux qui pêchent au beau milieu des rivières, dont les déchirures en bas des jambes révèlent que notre homme n'est pas à sa première exploration d'un massif d'épines et que son pantalon n'est pas anti-ronce. Il s'avance dans l'inextricable fouillis. Un membre de l'équipage, bien placé au moment de la prise, le guide :

--- Plus avant ! Plus à droite ! Encore ! Encore un peu !

--- Oui, je le vois !

Il réapparaît, une griffure sur le côté droit du front. Nous sommes heureux de cette prise, et moi tout particulièrement de voir enfin un garenne.

--- Vous vous rappelez les enfants où on a laissé notre premier garenne ?

--- Oh, ça oui !

--- Alors, montrez-le à votre père, dit le maître d'équipage du Rallye Plessis gratte-mousse. Et, se tournant vers lui, il ajoute :

--- Ils ne sont pas assez grands pour atteindre la branche de l'arbre sur laquelle je l'ai posé.

Les enfants sautent de joie en poussant à l'unisson un retentissant «ouais» et, main dans la main, les voilà qui filent droit comme un trait dans l'allée.

VIII

On se retrouve pour la curée devant la belle maison dont la cheminée fume (ses propriétaires ont bien fait un feu de cheminée) et à proximité des voitures. Les courants, dans leurs remorques récupèrent de leurs efforts. Les maîtres d'équipage, à genoux, découpent en morceaux, comme le fait le boucher à la demande d'une cliente qui s'apprête à confectionner un civet, les deux garennes posés sur une épaisse planche, à l'aide d'un couperet. Les femmes se sont regroupées. L'une d'elles montre aux autres, sur son smartphone, un site de vente de vêtements d'occasion, d'après ce que je comprends. Les hommes troquent leur veste huilée contre une veste en tweed et leurs bottes contre une paire de chaussures, aux semelles épaisses. Les jumeaux, assis sur des rondins, conversent et rient. Luc tapote la pointe de ses bottes avec une baguette. Anne roule une herbe entre ses doigts. Je lève la tête. Le ciel vient de renforcer le gris de sa couleur. Seul se maintient un liséré bleu au-dessus des cimes hivernales des arbres qui se dandinent. A l'ouest, un œil amande d'un blanc lumineux faire briller une pupille d'or.

   --- On peut y aller ! lance mon maître d'équipage.

   On libère les chiens de leurs habitacles roulants. On confie à Isaure le soin de les maintenir, grâce au va et vient de la lanière de son fouet, à quelques mètres des deux garennes que l'on a reconstitués en couvrant de leurs peaux les morceaux de leurs carcasses dont les têtes ont été positionnées dans la direction des courants. Après les fanfares *La vue*, *Le débuché*, *Le lapin*, on sonne maintenant *La curée*. Les chiens reconnaissent cette fanfare. Ils savent que leur récompense est imminente. La lanière du fouet frôle les museaux. Ils s'agitent davantage comme une colonie d'abeilles à l'ouvrage dans une ruche. Une chienne veut passer outre. Elle s'écarte du groupe et prend le côté droit. On la rappelle à l'ordre : « En meute, Joyeuse, en meute ! » Le fouet d'un veneur claque. Elle obéit. Les courants étouffent de leurs voix les dernières mesures de la musique. Mon maître d'équipage enlève les nappes. Une déferlante tricolore se jette sur ce met qu'on a préparé pour eux. Les mâchoires claquent. Les os craquent. Excitées, les deux meutes sont à leur affaire. On grogne aussi. Pas question de se faire prendre sa part par un congénère. Deux chiens se disputent un morceau de viande qui s'étire comme un élastique. Vient le moment des honneurs, l'hommage du pied, je devrais dire des pieds. J'ai pu constater que le maître d'équipage du Rallye Plessis gratte-mousse a fourré deux pieds dans sa poche. Quels seront les bénéficiaires ? Je sais que je ne serai pas du nombre. Ce laisser-courre s'est avéré pour moi être « buisson creux ». Dit autrement, je n'ai pas vu un garenne vif aujourd'hui. Je miserai volontiers pour les jumeaux. J'ai raison. Les deux maîtres d'équipage se dirigent maintenant vers ces enfants. Ils sont tout sourire. Le contentement est sans conteste partagé par tous.

IX

Après avoir laissé les deux heureux élus savourer leur bonheur inattendu, en admirant et en caressant la fourrure de leurs pieds d'honneur, pendant que leur maman use de la fonction appareil photo de son smartphone, je me dirige vers eux pour les féliciter, comme le veut la coutume. Soudain j'entends, dans mon dos, une voix d'homme :
--- Oh, là, là !
Puis celle d'une femme :
--- Oh, mon Dieu !
Je me retourne et découvre un chien allongé sur le sol, inanimé, dans l'indifférence de ses congénères qui vont et viennent à la recherche d'un restant de leur récompense qu'ils ont avalée en deux temps trois mouvements.

--- C'est Jeunette, lance le maître d'équipage du Rallye Plessis gratte-mousse.

Un homme se précipite. C'est le chevalier à la triste figure. Il a un visage allongé bordé d'un fin collier. Il emporte la malheureuse bête dans ses bras, comme s'il s'agissait d'un enfant qu'on va bercer et s'éloigne vers les voitures. Il est suivi par François et du père des jumeaux. Les enfants n'ont rien vu du drame. Toutes les personnes, qui sont autour d'eux, ont le souci de les distraire :

--- Bravo, les jeunes ! Vous avez été vraiment les meilleurs !

--- Vous avez été tout le temps dans les actions décisives.

--- Les maîtres d'équipage ont bien vu votre comportement.

--- C'est mérité !

Ces propos s'accompagnent d'un œil qu'on jette furtivement sur la scène qu'on devine au loin. Une voiture dissimule quelque peu les veneurs. Deux d'entre eux sont à genoux, penchés certainement sur Jeunette. Le troisième est debout. Ils palabrent mais on ne distingue pas leurs propos. On continue avec les enfants :

--- Il faudra dire à papa ou maman de mettre les pieds d'honneur sur des écussons en bois.

--- Peut-être allez-vous les accrocher sur un mur de vos chambres ?

On plaisante même :

--- La prochaine fois qu'on va se voir, vous devrez nous offrir une bouteille de limonade !

Malgré la bonne humeur qu'on essaie d'installer, je surprends Isaure qui, les larmes aux yeux, dit à sa mère :

--- Comment papa va réagir à l'annonce de cette triste nouvelle ? Il va sans doute s'en vouloir de ne pas avoir été là.

Sa mère, pour toute réponse, entoure ses épaules de son bras.

Pendant ce temps, on n'a pas d'informations sur les opérations menées par les trois veneurs. On attend, sans pouvoir s'empêcher de jeter encore une fois un œil dans leur direction.

Mon maître d'équipage nettoie la planche sur laquelle on a posé tout à l'heure, sous les nappes, la récompense des chiens. Sa femme a débouché le jerrican et le tient penché pour en faire une fontaine. Les sonneurs rangent les trompes dans les étuis. Ils savent que la curée ne se poursuivra pas. On n'aura pas les fanfares des deux équipages, ni ma fanfare préférée *Le bonsoir breton*.

On sursaute au bruit de la voiture qu'un des trois hommes a mise en route. Le regard se porte sur eux. Les deux autres ont le front collé sur la vitre de la portière arrière. Que se passe-t-il ? On attend.

Le chevalier à la triste figure vient vers nous. Aïe ! On voudrait discerner un sourire sur son visage. On ne le trouve pas. Il marche lentement, dans la posture d'un homme très concentré sur ce qu'il va devoir faire. Enfin il nous parle :

--- On a agi comme pour un humain : massage cardiaque, bouche à bouche, enfin bouche à nez. Il y a un os qui a obstrué sa voie respiratoire. On a réussi par le déloger. Jeunette est revenue à elle. On a eu peur qu'elle ait froid car elle tremblait. On l'a enroulée dans un plaid et déposée dans la voiture qu'on a mise en marche pour qu'il y ait du chauffage. Elle est un peu sonnée. On peut dire qu'elle revient de loin.

Le chevalier à la triste figure a parlé pour des mois.

Soudain un cri, un cri de délivrance cette fois. C'est la femme de mon maître d'équipage qui l'a poussé : « Aux gâteaux ! »

Table

Guitoune   11

Feuillantine   39

Jeunette   63

Découvrez le livre

A travers plaines et ronciers
Récits de vénerie au lapin

de Pailcoq père et Pailcoq fils

Aux éditions Edilivre

« Bien écrit, ce livre nous emmène de garenne en garenne lors de chasses amicales et respectueuses de la vènerie… A lire par curiosité pour beaucoup de veneurs… »
VENERIE

« Voilà un livre qui mérite assurément d'être lu et diffusé… Au fil des pages, de cinq saisons et d'une écriture soignée –soulignons le- … Nous recommandons chaudement. »
Jours de chasse